ODE

A LAMARTINE

Par

l'Abbé Ch. Chapiat

MIRECOURT, IMP. ET LITH. DE HUMBERT.

Le dernier ouvrage de M. de Lamartine, *Recueillements poétiques*, a inspiré l'ode que l'on va lire.

L'auteur chrétien des *Méditations*, l'auteur catholique des *Harmonies*, après avoir malencontreusement essayé l'épopée humanitaire dans Jocelyn, et l'avoir immoralement continuée dans la Chute d'un Ange, a fini par dégrader la harpe sainte qui, dans sa main, avait soupiré de si beaux cantiques, des hymnes si purs. Le génie qui devait dominer le siècle s'est mis à la remorque : le grand poète catholique s'est fait disciple rationaliste de nos cerveaux religieux à la mode !

C'est lui qui a pu écrire ces deux vers :

L'intelligence en nous, hors de nous la nature,
Voilà les voix de Dieu : le reste est imposture.

Le reste !!!

Honoré plus d'une fois des lettres flatteuses du chantre des *Harmonies,* l'auteur a cru devoir lui adresser cette ode à l'occasion de ses *Recueillements.*

Il a cru aussi faire plaisir aux catholiques, en livrant à la publicité cette protestation d'un prêtre à l'auteur, (immortel malgré qu'il fasse), de tant d'admirables poésies inspirées par le christianisme.

Occupé des graves devoirs du saint-ministère, il ose espérer qu'on lui pardonnera d'avoir publié ces vers après le mouvement d'inspiration. Quand on s'est voué à des fonctions sacrées, on doit se faire un scrupule d'employer un temps précieux à des corrections littéraires : un prêtre ne peut donner à la poésie que ses loisirs.

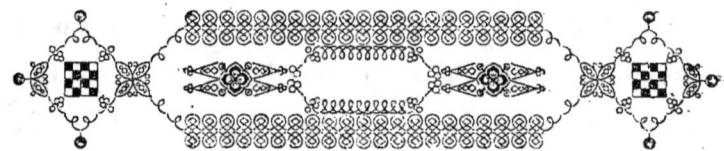

ODE

A LAMARTINE

Rome, elle aura menti, ta haute destinée :
Ta foudre au vatican s'endort emprisonnée,
Ou d'un bruit impuissant elle trouble les airs ;
Ton pontife se meurt dans sa chaire suprême,
Il n'a plus d'anathème
Pour effrayer les rois et dompter l'univers.

Tel mentit ton destin, jadis, ville éternelle :
Le barbare a frappé ta tête criminelle,
Ton Capitole croule, et tes jours sont comptés !
Tes membres lacérés sont gisants dans l'arêne
          Où, monstrueuse Reine,
Tu traînais dans leur sang tes ennemis domptés !

Ce sang amoncelé s'est écrié : Vengeance !
Les échos aux échos ont répété : Vengeance !
Vengeance ! a répondu l'univers en émoi !
Et le Nord a vomi ses bataillons sauvages,
          Et de tous les rivages
Les vautours affamés se sont rués sur toi !

Et les siècles ont vu, nouvelle Babylone,
Ton Jupiter stateur, ton Mars et ta Bellone,
Tes héros, tous tes dieux, dans la poudre étendus !
Le temps a recouvert ton cadavre de boue,
          Et maintenant la houe
Déterre tes palais sous le sol descendus !

Un Dieu vint qui t'a dit : Dans la céleste voûte,
Tant que l'astre de feu mesurera sa route,
Ton règne s'étendra sur les lieux et les temps...
O Rome, et son étoile a pâli dans sa course !
      Tu péris sans ressource ;
Tes temples n'ont plus d'or, tes autels plus d'encens !

Regarde autour de toi : La foule t'abandonne ;
L'homme n'obéit plus quand ta parole ordonne ;
Les rois t'ont baffouée, et les peuples ont ri !..
La raison a parlé ! L'univers en silence
      L'entend, comprend, s'élance
Vers un Dieu plus puissant... Car ton Christ est flétri !

Il mourut au calvaire, il meurt au Capitole !
Tiare, mitres, croix avec sa grande idole,
Comme les dieux passés dans l'oubli vont pourrir !
L'humanité grandit ; à son génie adulte
      Il faut un autre culte !..
Pour un monde au maillot que Christ aille souffrir !

Barde, toi qu'on a vu sur sa tombe, en Asie,
Courber ton front, depuis taché d'apostasie,
C'est toi qui t'es chargé de chanter son trépas !
Quel Dieu nouveau, dis-nous, prophète de mensonges,
     A paru dans tes songes
Que ta lyre autrefois ne te révélait pas ?

C'est la raison, ton Dieu !.. Qu'importe que, superbe,
Tu puisses contempler, *dans la fange, ou sous l'herbe,*
Tous ses vieux dieux *moulés, fondus, taillés, pétris ?*
Qu'importe qu'à leur gré la joie et la souffrance,
     La peur ou l'espérance
L'aient prosternée aux pieds de ces *monstres flétris ?* *

La raison est ton Dieu !.. Qu'importe, en sa folie,
Que des hideux égoûts allant tirer la lie
Elle ait fait d'une infâme un Dieu pour ses autels ?
Qu'importe que le sang coule à ses sacrifices,
     Qu'à ses impurs offices
L'horrible liberté hurle : Guerre aux mortels ?

---

* Lamartine, hymne au Christ.

La raison est ton Dieu !.. Qu'importe qu'elle arrache
Le dernier des anneaux où l'homme se rattache,
L'anneau qui nous retient sur l'abîme en suspens?
Qu'importe que tout croule, et s'abîme, et périsse?
      Au bord du précipice
Ta haine contre Rome agite ses serpents !

Poëte, souviens-toi que la croix du Calvaire
A réparé le monde, écrasé comme un verre
Sous des tigres tyrans et sous des monstres dieux !..
La croix, du temple impur exilant les scandales,
      En a lavé les dalles
Et proclamé seul Dieu le Dieu qui règne aux cieux !

La croix a fait égaux le maître et les esclaves !
Elle a brisé les nœuds de ces vastes entraves
Où le bras des puissants broyait l'humanité !
Révélant aux mortels leur auguste naissance,
      Le Christ avec puissance
A convié le monde à la fraternité !

C'est par lui qu'en tout lieu l'enfance fut sacrée,
Et de son joug honteux la femme délivrée !
Par lui seul la faiblesse a recouvré ses droits !
Par lui droits et devoirs pèsent en équilibre !
      Par lui tout peuple est libre,
Et le beau nom de père a couronné les rois !

Comment triomphes-tu, la disant terrassée,
Cette croix, nos trésors ! et ta gloire passée ?
Tu quittes, en chantant, *l'autel que tu chéris !*
Et loin d'en étayer *les dernières colonnes,*
      Lâche, tu l'abandonnes ;
Tu crains *d'être écrasé sous les sacrés débris!* *

Va, déjà d'autres voix l'ont conduite à la tombe,
Cette religion qui plane, humble colombe,
Sur le cœur des humains depuis le premier jour;
Souriant aux mépris, elle suit sa carrière
      En versant la lumière
Avec tous les bienfaits de son immense amour !

* Lamartine, hymne au Christ.

Quand on la criait morte, elle élevait sa tête,
De son front triomphant dominait la tempête,
Et ses blasphémateurs tombaient à ses genoux !
Elle étalait aux yeux tous ses trésors de vie,
     Et la terre ravie
S'écriait : Gloire au Verbe habitant parmi nous !

La mort un jour aussi s'écria, la première :
Le Christ est là, son œil est clos à la lumière,
Je le retiens captif au fond de son tombeau !..
Le Christ dormit trois jours : puis, soulevant sa pierre,
     Sortit de la poussière
Radieux et vainqueur, vêtu d'un corps plus beau !

Le Christ est mort ! criait la foule, dans l'arène,
Où, pour les passe-temps de Rome souveraine,
Les chrétiens palpitaient sous la dent des lions...
En trois siècles le Christ avait conquis le trône !
     Sa croix fut la couronne
Des augustes Césars, maître des nations !

Le Christ est mort! criaient les hordes scandinaves,
Fléau que Dieu lançait sur Rome et ses esclaves,
Odin l'invulnérable, Odin l'a terrassé!..
Et les hordes bientôt courbèrent leur bannière;
La croix fut héritière
Des bataillons vomis par le pôle glacé!

Le Christ est mort! criait ce moine fanatique,
Impudique apostat de la croyance antique,
Qui d'une mère en pleurs déchira le manteau...
Et Colomb abordait sur de nouvelles plages
Dont les tribus sauvages
Devaient former au Christ un royaume nouveau!

Le Christ est mort! criait une tourbe en délire,
Dont le sarcasme impie et l'infernal sourire
Ont souillé tout objet de nos cœurs vénéré...
Et l'Infame, cru mort, est sorti de la tombe!
Quand tout s'écroule et tombe,
Il vient sauver encor l'univers égaré!

En lui seul on a foi !.. Car le Protestantisme,
Par la lèpre rongé, va mourir d'ilotisme :
Son seul reste de vie, il le tient de ses rois !
Mahomet étonné subit notre influence :
      L'Asie en décadence
S'ébranle et se réveille en face de la croix !

Et la philosophie, épuisée en mensonges,
S'évapore à nos yeux, dissipant les beaux songes
De sa philanthropie et de sa liberté !..
Toute ame fatiguée expire dans le vide;
      Tout cœur d'amour avide
Enfin demande au Christ un peu de vérité !

La croix seule est debout ! Et c'est alors, génie,
Que tu nous viens chanter le Christ à l'agonie ?
Quoi ! tu foules aux pieds tes beaux lauriers flétris,
Quand autour de la croix tout s'ébranle et s'écroule,
      Quand le flot du temps roule
Par un arrêt fatal les sectes en débris !

Vois, Albion s'émeut ! l'Irlande se dégage !
La Vistule et le Rhin contemplent le courage
De deux vieillards aux fers, bravant l'ire des rois !
Le Christ a ses enfants sur l'Èbre et sur le Tage,
     La France est son partage,
Le Danube et le Pô se roulent sous ses lois !

Vois la croix dominer l'une et l'autre Amérique,
Flotter avec éclat sur cette république,
Oasis du désert, fille de Washington !
Vois les îles des mers abattre leurs idoles,
     Adorer les symboles
Du gibet où mourut un Dieu pour le pardon !

Vois, le Nil se réveille, et le Liban tressaille,
Stamboul admet le Christ, et l'Inde se travaille,
L'Abyssin connaît Pierre, Alger courbe son front ;
Au Tonking, recueillant les palmes du martyre,
     L'apôtre encor expire !..
Rome, garde ton Dieu !.. Les erreurs passeront !..

Oui, la croix est debout; et quand Rome se lève,
Sa parole au combat resplendit comme un glaive;
Dieu frappe, et l'ennemi gît sur terre broyé!..
Contre elle, toi son fils, on t'a vu dans la lutte :
     Eh ! quelle lourde chute
Atteste à nos regards un ange froudroyé !

Tu succombas le jour où t'atteignit sa foudre !
Depuis ce jour, ton front étendu dans la poudre,
Ange déchu, s'agite en vain contre l'écueil;
Le courroux a troublé ta haute intelligence;
     Tu chantes ta vengeance...
Tant l'ange n'est jamais tombé que par orgueil !

Et tombant foudroyé tu niras le tonnerre !
La Mennais, Lamartine, ô couple téméraire,
Cachez-nous donc vos fronts par l'éclair sillonnés !
N'imitez point Satan jusques dans sa déroute;
     Et rongés par le doute,
N'attaquez point le ciel, anges découronnés !

O vous que j'ai pleurés, qu'à tout soleil je pleure,
Pourquoi tombâtes-vous, si brillants! avant l'heure,
Comme le lys superbe au milieu des beaux jours?
Beaux anges, quoi! flétris au midi des années!
Vos gloires sont fanées!...
Nul mortel, ô mon Dieu, n'aura plus mes amours!

www.ingramcontent.com/pod-product-compliance
Lightning Source LLC
Chambersburg PA
CBHW061449170626
46811CB00005B/2431